LE PETIT LIVRE

à Quinze Sols.

AVIS.

L'abonnement est de 9 francs pour Paris, et de 11 francs pour les départemens, *franc de port.*

L'argent, les lettres et les paquets doivent être adressés *francs de port.*

On souscrit à PARIS, chez :

POULET, Imprimeur - Libraire , quai de Augustins, n°. 9 ;

PLANCHER, Libraire, rue Poupée, n°. 7 ;

DELAUNAY, Libraire, Palais-Royal ;

EYMERY, Libraire, rue Mazarine, n°. 30.

LE PETIT LIVRE

à *Quinze Sols,*

OU

LA POLITIQUE DE POCHE,

A L'USAGE DES GENS QUI NE SONT PAS RICHES ;

Par le Père Michel,

Devenu Auteur sans le savoir.

~~~~~~~~~~~~~~~~~~~~~~~~~~~~~~~~

6ᵉ. Tome.

~~~~~~~~~~~~~~~~~~~~~~~~~~~~~~~~

A PARIS,

IMPRIMERIE DE POULET,

QUAI DES AUGUSTINS, N°. 9.

~~~~~~~~~~~~~~

1818.

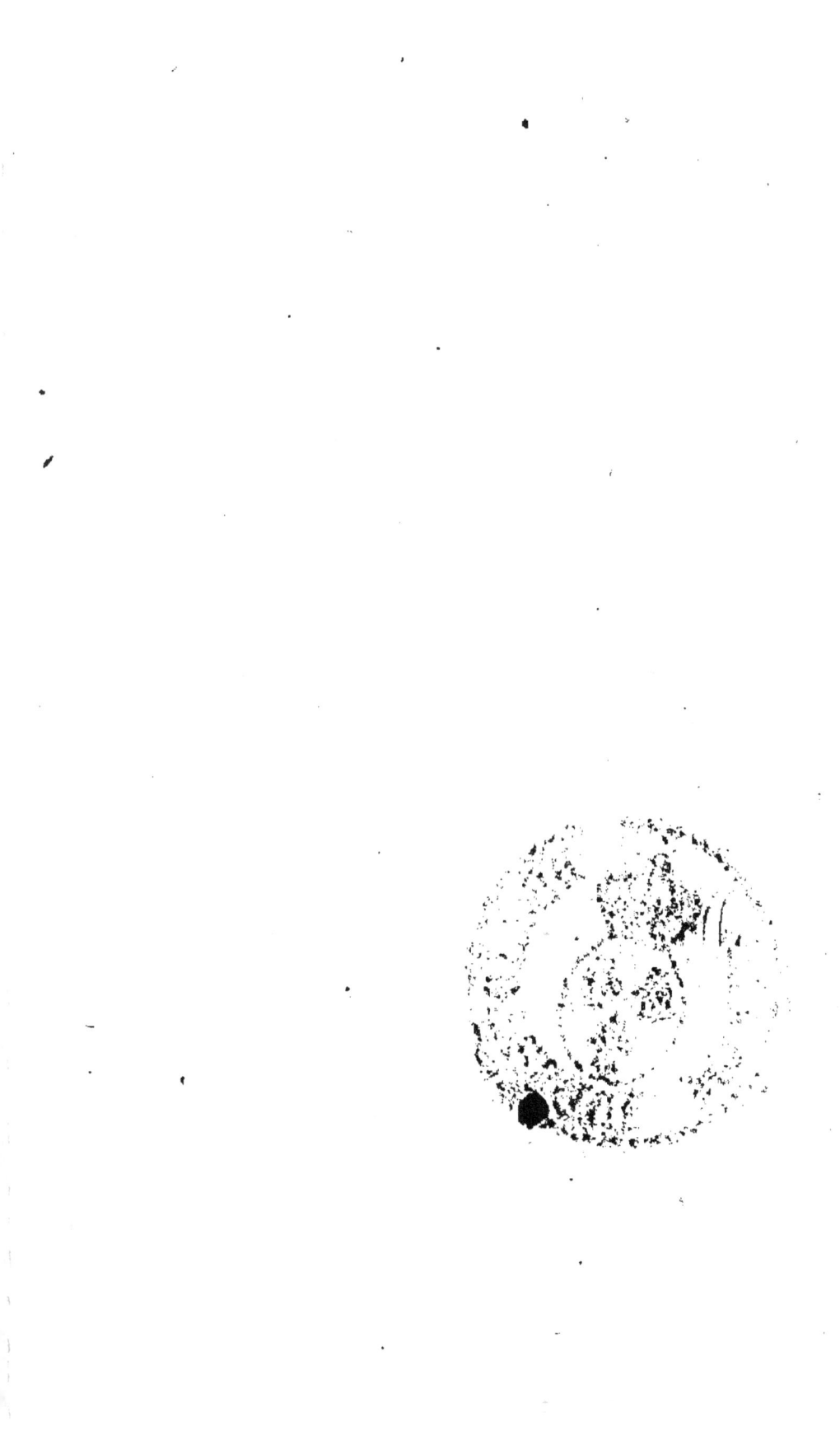

LE PETIT LIVRE

à Quinze Sols.

DE QUELQUES JOURNAUX
ÉTRANGERS.

Un mot sur les subtilités qu'on employe pour faire publier à l'étranger les nouvelles ou réflexions et les accusations dont on croit avoir besoin à Paris.

Nous avons plusieurs *coteries* politiques, qui se sont arrangées avec des journalistes d'Allemagne, d'Italie, et surtout d'Angleterre, pour acheter leur

silence sur certains objets, et leurs articles sur certains autres.

Il n'y aurait pas prudence à pousser
les explications plus loin : mais c'en est
assez pour apprendre aux lecteurs français que les articles étrangers sont toujours dictés ou envoyés de Paris, lorsqu'ils sont favorables à quelqu'une de
nos coteries.

Par exemple, ce qu'a dit le *Times*,
journal de Londres, contre le *Petit Livre*, ou sur l'association de ses rédac-
teurs, a été expédié d'un bureau que je
connais.

C'est donc sur la foi d'une *coterie*
qui paie bien, que le *Times* du 22 avril
a dit, 1°. que douze personnages très-
marquans, parmi lesquels il en nommait six, rédigeaient le *Petit Livre*, si-
gnalé comme le *Catéchisme de la Populace :* grosse sottise dont personne n'a
été dupe, après l'avoir lu.

2°. Que le tome coûtant seize sous,

et étant délivré aux libraires de Paris à
dix sous, il était certain qu'une des
premières maisons de banque de Paris
en faisait les frais.

Puis la *coterie* s'étant aperçue que par
cette annonce elle ne faisait qu'appeler
la faveur publique sur le *Petit Livre*, elle
a fait dire au *Times* du 1er mai qu'il n'y
avait qu'un seul auteur, et que cet auteur c'était moi ; mais ce n'était pas
encore là de quoi nuire à l'ouvrage.
On a donc imaginé de faire dire aussi
au journaliste anglais que j'avais été,
en 1815, l'un des plus *turbulens ultra-
royalistes* : or, ceux qui ont fait publier
contre moi cette calomnie, savaient
bien qu'ils mentaient ; mais le mensonge le plus impudent est chose fami-
lière aux hommes des *coteries* politiques ! (1)

_____

(1) Un *ultrà-royaliste ardent* n'étant à
mes yeux qu'un *révolutionnaire*, qu'un dé-

On a espéré qu'on jeterait par-là de la défaveur sur le *Petit Livre*, qu'on rendrait les *constitutionnels* soupçonneux : quoiqu'on ait perdu sa peine, quoique chaque lecteur sache bien à quoi s'en tenir sur l'esprit de l'ouvrage, malgré l'article du *Times* qui n'a guère été lu qu'à Paris, je me dois à moi-même, et surtout à ceux sous les yeux desquels le journal anglais a passé, de faire une déclaration publique sur ma conduite et mes opinions en 1815, et d'annoncer que je signerai désormais des initiales de mon nom les articles qui devront m'être attribués.

Que ceux qui ont provoqué cette déclaration de ma part ne s'en prennent qu'à eux-mêmes de l'avoir rendue né-

---

molisseur, un *ennemi acharné*, un *prodileur* de son pays, un *allié* des ennemis du dehors, comme je le démontrerai en un autre lieu, j'ai dû répondre à cette odieuse calomnie.

cessaire pour repousser leur imputa-
tion injurieuse.

Au reste, qu'ils se nomment, et
soient assurés de trouver place dans le
Petit Livre, s'il leur plaît d'essayer de
prouver que j'en impose. Je les en défie
publiquement. La provocation n'est pas
amphybologique ni *indirecte*, comme
l'on voit; et sans doute celle-là n'est
pas interdite par la loi du 9 novembre.
Je défie qui que ce soit de prouver que,
sous aucun régime, j'aie eu rang parmi
les solliciteurs de places, de pensions,
brevets, décorations, etc., parmi les
mendians de cour et de ministère, et
encore moins parmi les fanatiques, les
délateurs, les hypocrites, les persécu-
teurs, ou parmi les complices et les
instrumens des hommes des différens
partis qui ont tant fait de mal à la
France, en la sacrifiant à leur propre
fortune.

Réponse à une calomnie.

Long-temps avant la restauration, lorsque nos *protées* et nos charlatans soi-disant royalistes (qui ne sont en réalité que des *aristocrates* et des coureurs de fortune) étaient aux genoux ou aux gages du despote conquérant, je me prononçais hautement contre la démence des conquêtes, contre les violences de l'administration dont ils étaient les valets, et contre tout système tendant à substituer quelques hommes à la patrie.

J'invoquais la liberté, je luttais contre l'arbitraire, je maudissais publiquement la tyrannie, et je bravais, face à face, des pachas dont un si grand nombre de ceux auxquels on voudrait m'assimiler, s'honoraient d'être les protégés, les complaisans ou les espions.

Il est assez public qu'en 1813, je fus l'objet d'une persécution d'autant plus

violente qu'on ne me croyait pas inca-
pable de porter quelques coups dangereux à la tyrannie.

En butte à des haines puissantes, en-
vironné de périls de plus en plus me-
naçans, il m'était naturel de me rap-
procher de ceux qui seuls faisaient mine
d'opposer de la résistance à celui devant lequel tout tremblait et rampait ;
d'ailleurs on désirait beaucoup de m'a-
voir de ce côté-là : mais j'étais en une
grande méfiance, parce que je craignais
que le moindre succès ne vînt tout à
coup rendre à la vieille aristocratie ses
prétentions insensées et son orgueil.

Or, je n'avais pas moins d'aversion
pour une tyrannie que pour une autre,
et je frémissais à la seule pensée que je
pourrais, en embrassant un parti, si
long-temps anti-populaire, coopérer à
une contre-révolution.

Habitué à méditer sur l'histoire ancienne et récente de mon pays, plein

des souvenirs de l'affreux temps des Valois, des reines Médicis, et des Stuarts, je redoutais plus encore l'anarchie des grands que celle du peuple.

En effet, la moralité, les talens, la vieille influence des premières classes de la société, opposent une barrière à l'anarchie populaire; ses ravages sont terribles et prompts, il est vrai, comme ceux d'un incendie; mais ils sont d'autant moins durables qu'ils sont plus furieux.

Les excès de l'anarchie populaire sont révoltans ou honteux; ceux qui les commettent sont sales et vils; on se flétrit en les secondant, comme on se salit en se jetant dans la boue : et ainsi la partie saine et honorable de la nation conserve intact, au milieu du plus grand désordre, le précieux dépôt de la morale publique et de l'honneur.

Au contraire, quand l'anarchie vient des grands, il ne reste plus de garan-

3°. L'ouvrage qui développera le mieux les avantages de la Charte; — leur Manuel d'instruction à l'usage des électeurs;

ties à la société, car les gardiens naturels de la morale et de l'honneur, en deviennent les destructeurs.

Comme les grands, toujours audacieux au conseil de leur faction, sont *couards* lorsqu'il s'agit d'en exécuter les plans, ils arment la lie du peuple, ils la poussent en avant, l'excitent au désordre ; ils en font leur machine de destruction, et l'on voit bientôt tomber dans la plus violente perturbation tous les élémens du corps social.

La délation, la vengeance sont réputées licites et honorables lorsqu'elles sont commandées par les grands : le crime se change en devoir; ce n'est pas assez de l'impunité pour les hommes qui ont commis les plus grands forfaits, ils sont encore récompensés ou favorisés (1) : l'adulation et l'hypocrisie sont

_____

(1) Consultez les histoires que je viens de citer.

Tome VI.   2

les meilleurs moyens d'arriver à la fortune, et comme il n'est point de cor-
ruption plus active , plus séduisante
que celle qui émane des grands, comme
ils honorent publiquement ceux qui se
flétrissent sous leurs ordres , la corrup-
tion se répand rapidement jusque dans
les derniers rangs du peuple; elle in-
fecte bientôt toute la société, et les
malheurs , la dégradation d'une géné-
ration corrompue se perpétueront dans
les générations à venir, à moins que
quelque heureuse circonstance, ou la
sagesse d'un gouvernement fort, ne
viennent purifier le corps social.

Pénétré, nourri de ces principes
puisés dans notre histoire et dans celle
des Stuarts, je déclarai et mes craintes
et mes sentimens : « Nous voulons
» comme vous *la liberté* sous un Roi,
» m'assura-t-on. »

Ceux qui me donnaient ces assurances
étaient à mes yeux gens d'honneur;

j'eus la faiblesse de les croire sur leur
parole; mes dangers personnels étaient
pressans, je ne pouvais me ranger du
côté des défenseurs des libertés natio-
nales, ou constitutionnelles : il ne
s'en montrait point alors.

Je pris donc rang parmi les seuls
hommes qui paraissaient les ennemis
du despostisme, et dès ce jour j'ajou-
tai franchement à mon titre inné de
patriote celui de *royaliste constitutionnel.*

Mais il n'y avait du désintéressement
et de la bonne foi que de mon côté, et,
comme tant d'hommes honorables,
je fus trahi dans mes espérances.

Le despotisme impérial fut à peine
renversé (non par les vaines démonstrations, ou par les petites intrigues,
tant vantées, de la cabale des soi-disant
royalistes, mais par suite d'un en-
chaînement de fautes et d'évènemens
imprévus), que mes camarades jetèrent
le masque, et en déclarant qu'ils ne

voulaient ni charte, ni liberté, prou-
vèrent assez qu'ils n'avaient rien appris
ni rien oublié.

Bientôt je vis, en rougissant, accou-
rir de toutes parts dans nos rangs (jusques-là de vaine représentation), un
essaim d'ombres de la vieille aristocratie, suivies d'une foule de coureurs de
fortune, de toute condition, et je me
retirai dans la solitude, afin de ne pas
me trouver mêlé avec de prétendus
royalistes dont les uns portaient les taches
de la révolution, ou étaient tout couverts de la poussière impériale dans laquelle ils s'étaient roulés, et dont les
autres, habitués à se ranger du côté du
plus fort, du côté d'où venaient les
faveurs, n'eurent jamais d'autres con-
seillers que la vanité, la cupidité et l'a-
mour de la domination.

D'ailleurs je croyais, après Henri IV,
qu'il ne peut, qu'il ne doit plus exister
de *royalistes*, du jour où un roi règne

paisiblement : cette qualification ne pouvant être admise que dans les jours de combat, et n'étant hors de là qu'un titre inventé par l'esprit de faction.

Les hommes qui, à quelques jours de là, me dénonçaient et me poursuivaient au nom de Napoléon, me dénoncèrent et me poursuivirent bientôt par leurs clameurs, comme un tiède partisan de la cause royale, et je ne m'en étonnai point, parce que par la *cause royale* (mot de convention pour ces hommes), ils entendaient le triomphe de l'aristocratie et de la contre-révolution, parce que ma vue et ma conduite étaient vraiment gênantes pour des hommes qui avaient inventé, en hypocrisie, mille raffinemens jusques-là inconnus.

En vain j'essayai de rallier quelques bons esprits, l'ivresse était devenue générale. Je rappelai inutilement les ossurances qu'on m'avait données ; la vanité et l'ambition s'en étaient fait un jeu; ceux qui voulaient dicter des lois à leur prince lui-même pouvaient-ils respecter leurs promesses? Mes représentations ne servirent donc qu'à exciter contre moi la dérision des uns, et l'inimitié, je pourrais aussi bien dire la haine des autres.

Ici on me nommait un *sot*, parce que je n'allais pas augmenter la foule des mendians de la cour; là on me nomma un *faux-frère*, parce que je demeurai ferme dans mes principes de liberté constitutionnelle, parce que je ne courus pas avec les insensés vers le précipice.

Cependant le jour du danger arriva et vint mettre fin à l'illusion d'un parti qui accusa, d'une commune voix (comme cela devait être, d'après l'histoire), ceux mêmes dont ils avaient causé le malheur. Les rodomonts pâlirent : les plus audacieux tombèrent dans la stupeur; enfin l'épouvante bouleversa toutes les têtes.

Alors on revint à moi; parce qu'on vit qu'il me restait du sang-froid et de la raison : on ne repoussa plus mes principes, on confessa qu'on avait eu tort de les mépriser, et on en revint à considérer la charte et la liberté constitutionnelles comme l'ancre de miséricorde. C'était un peu tard : mais on pouvait encore sauver la France.

J'offris donc le 9 mars un plan qui fut grandement approuvé, dans les hauts lieux, mais qu'on ne suivit en rien...... Je n'en dois pas dire davantage.... sur cette époque à laquelle je prédis, en gémissant, les malheurs de mon pays, et le tems ne vint que trop tôt donner à mes prédictions le caractère prophétique.

Quelques jours plus tard, je représentai qu'en soulevant l'Ouest, sans moyens, sans chefs, sans plan, et durant l'absence du Roi, on verserait du

sang en pure perte, qu'on ferait seulement écraser le pays (1), qu'on ne
ferait que servir les projets de celui
même qu'on voulait combattre, et qu'on
amènerait une affreuse division qui
mettrait les Français, de tous les
partis, à la discrétion des étrangers.

Ce n'est pas à se battre contre des
Français qu'il faut songer, disais-je,
c'est à organiser secrètement des forces
autour desquelles nos compatriotes
vaincus puissent se rallier, afin d'opposer une barrière insurmontable à
l'ambition étrangère, ou pour se mettre
en position de traiter avantageusement
avec celui qui peut revenir vainqueur.

Je raisonnais ainsi parce que j'avais
alors, comme aujourd'hui, pour principe: 1°. que tout homme qui respecte
l'humanité et qui aime vraiment son

---

(1) Lire les Instructions que le général
Lamarque a eu le courage de ne pas suivre.

pays, ne doit prendre les armes que sous les bannières d'un gouvernement régulier, s'il ne veut devenir l'aveugle instrument des ambitions individuelles, et souvent même celui du parti qu'il croit combattre :

2°. Que nul n'a le droit de pousser ses semblables dans les combats de la guerre civile, et que plus l'exemple d'un citoyen serait entraînant pour la multitude, plus il doit être prudent et circonspect dans sa conduite et dans sa détermination publiques :

3°. Que les Français étant tous les fils de la même patrie, ils ne pouvaient s'armer les uns contre les autres qu'au profit de l'étranger, ce qui explique assez l'aversion que j'ai pour tous les provocateurs à la guerre civile.

Aussi ne fis-je jamais couler ni le sang ni les larmes de mes semblables : aussi ne me vit-on jamais me montrer en aucun lieu le fer à la main, persuadé que le fer ne devait servir qu'à ma propre défense : aussi n'employai-je jamais contre la tyrannie que le levier de l'opinion, et la force invisible, quoique si puissante, qu'on nomme la *force d'inertie* (1).

Ce langage, ces principes, cette conduite ne servirent qu'à ameuter contre moi les haines de ceux qui prétendaient être les plus fermes soutiens du trône, et qui ne pouvaient en être réellement que les ennemis les plus dangereux, comme l'histoire le dira hautement.

Aux yeux d'un insensé les sages ne sont que ridicules ; on alla plus loin à mon sujet : on me nomma un traître, on agita même de me traiter comme

_____

(1) Un exemple fera bien sentir ce que j'entends par la *force d'inertie.*

Un cheval succombant sous son fardeau, ou d'inanition, se couche, et insensible aux coups il demeure immobile ; à la brutalité de son conducteur il oppose la *force d'inertie.*

tel, et du côté opposé, l'exagération n'étant pas moindre, on me confondit dans la haine qu'on portait aux artisans de la désunion nationale que j'avais voulu empêcher.

Malheur à l'homme qui est entraîné par la fatalité à jouer un rôle dans des tems de troubles furieux ! malheur à celui qui a été jeté, par sa mauvaise fortune, dans des rangs où il n'y a que la démence qui passe pour sagesse, où il n'y a que la violence qui passe pour justice !.... Il se trouvera seul contre tous, jusqu'à ce qu'enfin les passions s'étant usées dans leurs propres tourmentes, on en revienne à la modération.

J'ai assez expliqué pourquoi les uns s'exaspérèrent contre moi, pourquoi ils me craignirent comme un ennemi de la liberté, lorsque je n'étais que l'ennemi de la tyrannie : pourquoi ils sont revenus à moi, et pourquoi les au-

tres me nomment un *transfuge*, pourquoi je suis plus que jamais en butte à
l'animosité de ceux qui veulent l'asser-
vissement , ou au moins l'abaissement
de *tous* au profit de *quelques-uns.*

j'ai eu et je devais avoir le sort de
tous les hommes qui ont resté au but ,
tandis que la foule s'est précipitée au-
delà ; si j'eusse été sans énergie, on
m'eût oublié, et nul ne redoutant mon
influence , on n'eût pas songé à m'accuser ; mais le ciel ne m'avait pas fait
pour être insensible et impuissant peut-
être dans de si violentes agitations politiques; je ne pouvais donc éviter le
sort que j'ai eu.

Que si quelques hommes puissans
qui ne dédaignèrent pas de me demander plus d'une fois des vues et des
plans, dans des circonstances très graves, m'accusaient eux-mêmes d'avoir
quitté leurs rangs, qu'ils jettent les yeux
sur les travaux que j'ai faits (d'après

leurs demandes réitérées) avant le mois d'octobre 1816; qu'ils comparent mes principes actuels avec ceux de cette époque, avec ceux qu'ils approuvèrent et louèrent si souvent; il faudra bien qu'ils reconnaissent que je suis demeuré pareil à moi-même; d'ailleurs nos écrits sont là, de part et d'autre; ils pourraient, au besoin, nous servir de juges.

Que mes lecteurs veuillent bien me pardonner de les avoir tant occupés de moi; mon intention n'a pas été de me défendre, car je suis habitué à me rire des accusations injustes; mais je devais cette déclaration à ceux qui ne jugent d'un ouvrage qu'après en avoir jugé les coopérateurs.

J'ai encore un autre motif, et celui-là n'est pas sans importance.

En effet, combien de gens estimables ont été abusés ou dupés, et

Tome VI.   3

bien plus, bien plus long-tems que
moi ! combien sentent aujourd'hui
qu'on les a trompés, qu'on ne les a
recrutés que dans les intérêts de quelques *aristocrates* révolutionnaires dont
ils ne sont réellement que les dociles et
imprudens alliés ! combien de gens
désenivrés voudraient pouvoir revenir
sur leurs pas ; et ne sont retenus que
par une fausse honte !

Qu'ils ne reviennent pas, qu'ils s'ar-
rêtent seulement : leurs conducteurs
vont si vite, qu'ils seront bientôt sépa-
rés d'eux. N'est-il pas des époques où
la vérité devient entraînante ?

Cette manière de repousser une calomnie ne sera-t-elle pas jugée plus
noble, plus loyale que celle d'appeler
les gens en justice ? donnera-t-elle
pas lieu de s'étonner que le premier
exemple en ait été donné si
tard ?

Ma déclaration ne provoquera-t elle
aucun examen des causes qui empê-
chent tant d'autres plaignans de com-
mencer par dérouler le livre de leur vie
publique, et par mettre leurs accusa-
teurs au défi de prouver leurs assertions devant le tribunal suprême de
l'opinion ?

Ne dois-je donc pas croire que
l'exemple que j'offre ne sera pas tout-
à-fait inutile ?

Ah ! puisse-t-il ranimer dans les
hommes abusés les vrais sentimens du
patriotisme, l'amour de la vérité et les
convaincre :

Que le bonheur public et la sûreté
des princes ne peuvent plus avoir
d'autres garanties que celle de la liberté constitutionnelle, et que hors de son
paisible sein il n'y a à attendre, pour
le corps social , qu'agitations, désordres , divisions intestines, déchire-

mens, souffrances aiguës, et que la liberté constitutionnelle n'est qu'un vain simulacre partout où les hommes se mettent en la place de la patrie, partout où les lois fondamentales de l'Etat sont méconnues, violées ou méprisées.

Martial SAUQUAIRE SOULIGNÉ.

———

AFFAIRE

DE MM. COMTE ET DUNOYER.

LE procès que soutiennent à Rennes MM. Comte et Dunoyer, est important sous plusieurs rapports ; nous ne le considérerons que sous le rapport de la jurisprudence.

Dans ces sortes d'affaires, il arrive presque toujours que se faisant législateur, au lieu de rechercher quel est réellement *le droit positif*, chacun porte son jugement d'après une notion générale de ce qui lui paraît juste ou injuste. Ce vice, qui d'ailleurs tient à la nature de l'esprit humain, est très - familier à notre nation, parce qu'avec une imagination très-mobile, des passions très-

*

irritables, et des connaissances variées
qui la font raisonner sur tout, elle n'a
point *l'exercice* de la liberté, c'est-à-
dire l'habitude de rapporter toutes ses
actions à la loi, et par conséquent l'habitude d'étudier et de respecter chaque
parole de la loi comme la source et la
garantie de toute liberté et de toute
sûreté. Cependant chez une nation qui
place la liberté et la sûreté de chacun
de ses membres sous la protection de la loi, le plus grand malheur
n'est pas qu'une loi soit mauvaise, mais
c'est qu'une loi soit mal exécutée. Si
une loi est mauvaise, on le sait, on y
conforme ses actions, et on a toujours
la conscience qu'on n'obéit qu'à la loi.
Mais si une loi est mal exécutée, c'est
parce que la volonté des hommes est
substituée à la loi; or c'est là précisément ce qui constitue l'arbitraire,
et l'arbitraire détruit toute liberté et
toute sûreté, quand même il préten-

droit donner *de fait* la liberté et la sûreté; car telle est sa funeste action que
tout le bien qu'il *veut* faire est détruit
par le mal qu'il *pourrait* faire.

Pour mettre chacun à portée de juger l'affaire de MM. Comte et Dunoyer, nous allons exposer quel est *le
droit positif* qui la concerne, et nous
laisserons ensuite à chacun la liberté de
prononcer selon sa conscience.

Toute discussion à cet égard roule
sur un article du code pénal, et deux
articles du code d'instruction criminelle.
Il faut nécessairement avoir ces trois
articles sous les yeux : nous allons en
conséquence les rapporter textuelle-
ment.

Art. 367 du code pénal : « Sera cou-
» pable du délit de calomnie, celui
» qui, soit dans les lieux ou réunions
» publiques, soit dans un acte authen-
» tique et public, soit *dans un écrit im-
» primé ou non, qui aura été affiché,*

» *vendu* ou distribué, aura imputé à
» un individu quelconque des faits
» qui, etc. »

Il est évident que MM. Comte et
Dunoyer sont prévenus de calomnie
pour avoir, *dans un écrit qui a été vendu*,
imputé à un individu des faits qui, etc. Il
n'y a que ces paroles sacramentelles de
la loi qui puissent leur être appli-
quées.

Voyons maintenant comment ils
doivent être poursuivis.

Art. 47 du code d'instruction criminelle : « Hors les cas énoncés dans les
» articles 32 et 46. (ce sont les cas
» de flagrant délit) le procureur du Roi
» instruit, soit par une dénonciation,
» soit par toute autre voie, qu'il a été
» commis dans son arrondissement un
» crime ou un délit, où qu'une per-
» sonne qui en est prévenue se trouve
» dans son arrondissement, sera tenu
» de requérir le juge d'instruction,

» d'ordonner qu'il en soit infor-
» mé, etc. »

Voilà pour la partie publique.

Voici maintenant pour la partie lésée.

Art. 63 du même code : « Toute per-
» sonne qui se prétendra lésée par un
» crime ou délit, pourra en rendre
» plainte et se constituer partie civile
» devant le juge d'instruction, soit du
» lieu du crime ou délit, soit du lieu
» de la résidence du prévenu, soit du
» lieu où il pourra être trouvé. »

De ces deux articles combinés il résulte cinq cas d'instruction.

1er. *Cas.* — Le procureur du Roi est
instruit par une voie quelconque qu'il
a été commis *dans son arrondissement* un
crime ou délit.

2e. *Cas.* — Ou qu'une personne qui
en est prévenue se trouve *dans son arrondissement.*

3e. *Cas.* — Une personne qui se prétend lésée par un crime ou délit en rend plainte devant le juge d'instruction , *soit du lieu du crime ou délit.*

4°. *Cas.* — *Soit du lieu de la résidence du prévenu.*

5°. *Cas.* — *Soit du lieu où il pourra être trouvé.*

MM. Comte et Dunoyer ayant constamment résidé à Paris, on n'a pu les traduire devant le tribunal de Rennes qu'en leur appliquant les 1er. et 3e. cas, c'est-à-dire en prétendant qu'ils ont commis un délit dans l'arrondissement de Rennes.

Il s'agit donc de déterminer quel est *le lieu du délit* en matière de calomnie. Ce point de jurisprudence ayant paru obscur, nous allons en présenter le développement.

Dans tout délit il y a deux choses à considérer, la partie *morale* et la partie *matérielle.* La partie morale, c'est *l'intention* qui constitue le délit ; la partie matérielle, c'est l'acte physique par lequel l'intention est *manifestée*; le lieu du délit est le lieu où *l'intention a été manifestée par l'acte physique.*

Ainsi un homme est assassiné; le lieu du délit est où le cadavre a été trouvé, parce que c'est là que s'est manifestée l'intention du meurtre.

Un homme envoie de Paris une *boëte infernale* à Rennes, c'est Rennes qui est le lieu du délit si elle détonne à Rennes; si par accident elle détonne à Paris, c'est Paris qui est le lieu du délit; quoique cette boëte fut adressée à Rennes et dirigée contre un habitant de Rennes.

Un homme compose un écrit qui contient des calomnies contre le Roi; il fait imprimer cet écrit, il le fait vendre, il le distribue par la poste dans toute la France. *Le lieu du délit* est là où l'auteur *avoue* et *annoncé* que, *par son fait*, l'écrit a été imprimé, vendu, dis-

tribué : tous les procureurs du Roi ne
se mettént pas à sa poursuite ; ils lais-
sent ce soin au procureur du Roi du
lieu où l'intention du délit est *manifestée* et *avouée.*

Le délit de calomnie contre *un individu quelconque* est d'une nature entiè-
rement semblable à ce dernier cas. Un
homme compose un écrit dans lequel
il impute des faits calomnieux à un individu : voilà le délit ; cet écrit est *imprimé, vendu, distribué*: voilà la mani-
festation du délit. L'auteur avoue que
cet écrit est imprimé, vendu, distribué *par son fait* ; il annonce *où et par
qui* il est imprimé et vendu : voilà
certes le lieu du délit bien déterminé.
L'individu quelconque auquel les faits
calomnieux sont imputés, doit donc
porter sa plainte devant le juge d'instruction de ce lieu, tout comme le procureur du Roi *du même lieu,* requére-
rait le *même juge* d'instruction d'infor-

mer contre l'auteur, si les *faits imputés
à un individu quelconque* étaient imputés
au Roi.

Cependant il en a paru autrement au
tribunal de Rennes; il a jugé que le lieu
du délit *peut être un lieu quelconque* où
l'écrit imprimé a été vendu *par le fait
d'un individu quelconque.*

Il est curieux de rechercher quelles
peuvent être les conséquences d'une
telle jurisprudence.

On fait imprimer dans un lieu quelconque un écrit qu'on signe COMTE et
DUNOYER, et dont ils ne sont pas les
auteurs; on fait vendre cet écrit à
200 lieues de leur domicile, et Messieurs Comte et Dunoyer, qui résident
à Paris, seront tenus de *comparoir* à
200 lieues pour y être interrogés.

Au lieu de faire vendre cet écrit, on
le *distribue*, et MM. Comte et Dunoyer
devront également *comparoir.*

Au lieu de *distribuer* cet écrit *imprimé,*

Tome *VI.*   4

on le distribue *non imprimé* ; il faudra encore *comparoir.*

Au lieu de le distribuer, on l'*affiche imprimé ou non* ; nouvelle nécessité de *comparoir.* Cependant MM. Comte et Dunoyer n'en seraient pas les auteurs , comme nous l'avons dit.

Ce que nous venons de dire de Rennes et de MM. Comte et Dunoyer, pouvant se dire d'un individu quelconque, et d'un lieu quelconque, il résulte de la jurisprudence du tribunal de Rennes, un principe général que voici : c'est que l'*on peut à volonté faire comparoir qui l'on voudra partout où l'on voudra,* et que le prévenu pourra être obligé de comparoir le même jour devant dix tribunaux.

Au reste, la loi sur la calomnie ayant été faite pour un ordre de choses et d'intérêts qui n'existent plus , elle doit être revisée le plutôt possible ; elle contient des dispositions qui ne pourraient être exécutées sans mettre la confusion dans la société, puisque certains faits qu'elle punit se renouvellent tous les jours par une nombreuse partie de la société, et sous l'autorité même de la loi et du gouvernement.

L'article 369 du Code Pénal porte : « Les calomnies mises au jour par la voie des journaux étrangers pourront être poursuivies contre ceux qui auront envoyé les articles, ou donné ordre de les insérer, ou *contribué* à l'*introduction* ou à la *distribution de ces papiers en France* ». Or, le gouvernement qui en permet l'introduction se trouverait responsable de leur contenu.

Il n'y a pas d'imagination qui ne recule devant l'exécution d'une telle loi, et MM. Comte et Dunoyer pourraient, à eux seuls, intenter plusieurs milliers de procès.

Si un écrit se trouvait dénoncé et poursuivi simultanément comme calomnieux envers la même personne ou la même autorité, dans deux tribunaux, à Bastia et à Lille, par exemple : si dans l'un des tribunaux, l'auteur était acquitté, tandis qu'il serait condamné dans l'autre,

L'auteur se trouverait donc à la fois condamné et absous ; ce qui est aussi absurde qu'impossible.

Cet exemple seul nous montre à quels dangers on s'expose en interprétant les lois pénales.

La Cour de cassation va prononcer sur ces étranges questions :

Un homme fait imprimer à Paris un écrit calomnieux ; il le *vend* publiquement *à Paris* ; des libraires de Rennes *l'achètent à Paris*, *pour en disposer selon leur volonté* ;

Est-ce à Paris que le délit a été consommé ? Est-ce Paris qui est le lieu du délit ?

Mais la volonté des libraires de

Rennes a été de *revendre* cet écrit à Rennes.

Alors le délit préalablement consommé à Paris, par le *fait de vente*, qui est *le propre fait* de l'auteur, est-il comme *non-avenu* à Paris, et transporté à Rennes, par le fait de *revente*, qui est le propre fait des libraires?

Cependant la *revente* faite à Rennes, par la *volonté et le propre fait* des libraires de Rennes, ne les fait point mettre en cause;

Ne suit-il pas de là, que la *revente* faite à Rennes n'est pas un délit?

Et si la *revente* faite à Rennes n'est pas un délit, ne s'ensuit-il pas que *la vente faite à Paris* constitue le délit?

Mais comment une *revente qui n'est pas un délit*, *transporte-t-elle* à Rennes un délit qui a é consommé à Paris?

Et comment le délit consommé à Paris, par la vente, peut-il avoir eu lieu à Rennes, si *la revente faite à Rennes* n'est pas un délit ?

N. B. Il ne faut pas oublier que dans cette affaire toute la question se réduit à savoir *où est le lieu du délit.*

CONSEILS SALUTAIRES
D'UN BON FRANÇAIS DU 16ᵉ SIÈCLE
A SES COMPATRIOTES. (1)

I.

Pauvres misérables; de quel esprit êtes vous poussés? de quelle espèce de fureur êtes vous agités? dites-moi, je vous prie, si vous voyez un malade en une grande hémorragie ou en l'ardeur

(1) On nous berne, mes bons amis, quand on nous parle du bonheur si parfait de nos aïeux.

Pour vous convaincre combien ils furent malheureux, par exemple au 16ᵉ. siècle, pour vous faire voir combien les fanatiques de cette époque, et les grands, qui avaient

d'une fièvre continué, appeler des bouchers, taverniers et crocheteurs, pour
commettre sa personne et sa vie entre
leur mains, quel jugement en feriez-
vous? ne diriez-vous pas que ce malade
est prochain de sa fin, et qu'il n'en faut
plus rien espérer de bon?

Ou bien si vous aviez envie de conserver vos femmes, vos filles et votre

---

chassé le roi de sa capitale, en criant *vive
le roi*, étaient affamés de la misère du
peuple, je veux vous mettre sous les yeux
des conseils donnés en ce temps-là par de
vrais Français à ceux de leurs compatriotes
qui s'étaient *ligués* dans le dessein de par-
tager la France entr'eux ; conseils qui pro-
fitèrent tout-à-fait à leurs dupes, soit
en éclaircissant les vues embrouillées, soit
en ramenant à leurs vrais intérêts les pauvres
imbécilles dont les fanatiques et les grands
faisaient jeu comme de marionuettes : conseils
qui ne furent point déclarés séditieux, et
qui persuadèrent tous les gens de bonne
foi. Ils sont tirés des *Satires Ménippées*.

argent, et tout ce que vous avez de plus
cher au monde, voudriez-vous appeler un pirate, un meurtrier manifeste,
un estranger, et vous jeter entre leurs
bras, avec le tout ? et celui qui le ferait
ne diriez-vous pas qu'il lui faudrait
bailler l'hellébore (1) pour purger son
cerveau ?

Si vous connaissiez des serviteurs qui
eussent reçu beaucoup de biens, d'honneurs, toute espèce de faveurs et d'avan-
cemens, de leur seigneur et maîstre,
et qu'au partir de là ces mignons lui
eussent dressé des partis, lui desbau-
chant ses amis et ses serviteurs, et les
induisant à conspirer contre lui ; mi-
nant, rançonnant, meurtrissant ceux
qu'ils n'aurayent sçu attirer à leur parti,
pillant les deniers des recettes de leur
maistre, et d'iceux achetant armes pour
lui faire la guerre ; prendriez-vous ces

---

(1) L'herbe aux fous.

gens-là, pour vos chefs, pour dieux
tutélaires, pour vos conservateurs ?
les auriez-vous pas en horreur comme
ingrats, perfides et traitres abomi-
nables?

Vous me répondrez que telles sortes
de gens sont plus à fuir et détester que
la peste, que les loups enragés, et qu'il
n'y a rien au monde digne de si grande
indignation. Mais considérez, je vous
prie, si vous n'êtes pas tombés en ce
labyrinthe mesme, par précipitation
et par mégarde; car avant ces gens
vous estiez en repos vous et vos familles, et viviez en sécurité et tran-
quillité d'esprit.

N'y a-t-il d'autre moyen d'exalter le
nom d'un chef imaginaire, qu'en obs-
curcissant celui d'un naturel ? C'est
mauvais présage pour vous et pour lui
qu'ayez pour guides des astres qui ne
vous esclairent que de nuit, car, au gránd
jour, faudra qu'ils se cachent sous terre,

et vous abandonnent aux précipices sur la cime desquels ils vous laisseront tous prests à trébucher misérablement; comme est dejà tant de fois advenu avant ce jour.

On dit bien vrai qu'il n'y a point d'embûches plus difficiles à éviter que celles qui nous sont dressées sous les déguisemens de devoir et fidélité, et sous la couverture d'une feinte amitié, et n'y a gens plus à craindre que ceux qui, sous espèce de vertu, cachent l'énormité de toutes sortes de vices.:

La superstition emprunte le nom de dévotion, pour, sous couleur de religion, donner lieu à ses passions, et avec toute impunité, dire et crier, en un lieu sainct, ce qu'en plein bordeau, ou taverne on ne dirait pas, sans être aigrement puni.

Qu'est-ce donc ces gens acariastres qui ne preschent autre chose que la vengeance et font couler le sang, ou le vousdraient tont du long du royaume?

Qu'est-ce de ces gens qui ont telle-
ment charmé les catholiques, et leur
ont si bien bandé les yeux, qu'ils pen-
sent faire sacrifice fort agréable à Dieu,
s'ils peuvent apporter la despouille,
voire la teste de leurs père, frère, gendre
ou voisin, s'il n'a conjeuré la ruine de
l'estat avec eux? et autant plus d'ho-
micides, violemens et larcins où ils
se seront meslez, de tant plus s'esti-
ment-ils advancez au parti, et dignes
de recompense !

II.

N'est-ce pas un grand crève-cœur
aux gens de bien d'avoir vu ces nouveaux législateurs changer et altérer à
leur plaisir l'estat, mettre les armes ès-
mains de leur populace, déposer de
leurs charges les gens d'honneur, et
preudhommie, les faire emprisonner,
et en leur lieu eslargir les brigands et

séditieux, et leur bailler les principales
charges ; bref avoir pour suspects tous
ceux qu'ils jugent ne pouvoir approu-
ver leurs sanglantes entreprises ?

O Seigneur Dieu, jusqu'à quand en-
dureras-tu ces sangliers dans ta vigne ?
Bien est vrai ce que dit Euripide:

« Lorsque discord règne en une cité,
« Le plus meschant a lieu d'authorité. »

Ils ont abusé de la simplicité et igno-
rance du peuple, et l'ont précipité en
l'abysme de rébellion auquel sans doute
ils l'abandonneront. Car ce n'est pas
leur dessein d'en courir aucun danger,
et le plus zélé d'entre eux ne voudrait
pas avoir mal au bout du doigt pour
tout ce peuple qu'ils ont mis en émo-
tion.

Combien parmi eux qui mouroyent
de faim, la plupart, il y a peu d'an-
nées ! aujourd'hui ils brayent comm
des asnes bâtés, parce qu'ils ne sçau-

raient parler en gens de lettres. Ils vous
suscitent à rébellion, parce que leur
ruine serait votre réunion. Cependant
ils se mettent en hazard de gaigner quelque bonne affaire qu'on leur a promise
pour le temps de la triomphation. En
attendant, ils ont pension de la *ligue*
pour crier, injurier et tempester.

Et néantmoins sitost que la France
changera de visage, et reprendra tant
soit peu son beau teinct : vous verrez ces
renards se dérober de vous, faire un
trou dans la nuict, se moquer de vostre facilité, et vous laisser au piége où
ils vous auront mis, à l'exemple de ces
feux volans qui conduisent les passans
sur les bords d'un lac, rivière ou es-
tang, et les y ayant fait glisser s'éva-
nouissent incontinent.

III.

Ça été un malheur fatal, en ce
royaume, qu'il n'y a jamais eu de

grandes divisions que l'on ne se soit servi du ministère des faux prédicateurs.

Ce furent eux qui, du temps du roi Henri d'Angleterre, furent par lui achetés à beaux deniers comptans pour faire, comme il advint depuis, descendre les Anglais en France, et y allumer un feu qui ne put estre esteint que par la mort de plus de cent mille Français.

Nous le voyons du temps du roi Louis XI, qui fut contraint de chasser et bannir du royaume *frère Antoine Fradin*, cordelier, pour avoir disputé de l'estat de la couronne en sa chaire, au lieu de prescher l'évangile.

Le pape Pie V fut obligé, pour même cause, d'en envoyer vingt-deux aux galères.

Ce saint père prévoyait bien l'inconvénient qui pouvait arriver de ces scandaleuses prédications, si on n'y remédiait dès le commencement : car il

est aisé, sous prétexte de leur profes-
sion, et sous le voile de religion, de
séduire le peuple ignorant, lui donner
des impressions et mouvemens à leur
fantaisie, parce que personne ne leur
contredit.

Joint que le simple peuple, qui ne
voit pas plus loin que son nez, ne peut
se persuader que ces hypocrites le vou-
lussent abuser, et que la chaire qui est
dédiée pour y annoncer la *vérité*, puisse
recevoir le mensonge.

En sorte que ceux qui sortent de ces
sermons en ont long-temps l'odeur et
le ressentiment, qu'ils sont tousjours
prests à mener les mains contre tous
ceux qu'on leur aura mis en butte.

C'est ce qui a fait naistre tant de ty-
rannies provignées de ceste souche-là;
laquelle a respandu ses rameaux quasi
par toute la France, et dont la mémoire sera d'aussi mauvaise odeur à
nos successeurs, qu'elle a esté et sera

malencontreuse à ceux qui vivent maintenant.

Hélas ! que j'ai d'horreur quand je
considère les maux infinis dont ces
boute-feux ont esté et seront causes /
Quand j'imagine les désolations qui
nous talonnent, quand je vois les prin-
cipaux autheurs de cette tragédie, laquelle se joue aujourd'hui sur le théâ-
tre de la France !

Vous vous êtes laissé emporter et ra-
vir aux passions d'autrui, vous avez
éspousé les querelles des grands ! pauvres imbécilles qu'y gaignerez-vous?
qu'aurez-vous de toutes leurs magni-
fiques promesses? des coups, des man-
géries; car êtes, comme ces cadets de
l'escurie, on leur donne au gosier, pour
en tirer de leurs jambes, et pour qu'ils
portent plus lourd faix; mais dans la
charge et paquets n'y a part pour eux;
tout leur bien est au ratelier, et ne s'y
trouve plus rien pour eux quand on les

a usés : on les met à la porte, à la voyerie ;
mais ce n'est sans les avoir bien aubai-
nés avec le fouet, éperon et baston,
et sont méprisés quand on n'en a plus
que faire.

Voilà le vrai dit, et chose visible
pour tous, si ce n'est pour les imbécilles qui ne voyent que la lune en place
du soleil, suivant qu'on leur a enseigné
à tout croire, et qui croient bonnement
qu'on veut les remettre, quand on ne
s'en sert que pour rompre, par leurs
propres mains, tout titre qui milite
pour eux, et ainsi se tournent contre
leurs propres amis, suivant ce que de-
mandent leurs vrais ennemis.

Ah ! pauvres gens qu'êtes, de croire
à ces piperies des grands qui ne visent,
en tout ceci, que pour eux, et ne se
soucient qu'advienne aux autres ,
quand ils sont bien pansés et pourvus
de ce qu'ils convoitent.

IV.

Aux Ligueurs.

Entre tous les vices il n'y en a point de plus détestable que l'ingratitude, il est odieux à Dieu et aux hommes ; vous estes merveilleusement entachez de ce vice, et l'avez prouvé envers tous vos maistres qu'avez honnis ou bataillé, toutes fois qu'ils ont cheu, ou n'ont voulu faire à vos volontés, et mettre l'Etat entre vos mains pour le déchirer et avaler de bon appétit.

Vous estes ingrats envers vostre patrie, vos enfans, et mesme envers vous. Si voulez descendre en vous-mesmes, le reconnoistrez assez ; mais parce que les passions dont vous estes prévenus vous pervertissent le jugement, ne sert point de vous mener par la main vers le flambeau de vérité, lequel offusque vos yeux ; étant toute nuit favo-

rable à vos desseins , c'est pourquoi
vous voulez qu'il n'y ait lumière que
dans vos lanternes, pour que fassiez
vos coups en seureté sur gens qui ne
voyent ce qu'est autour d'eux , et ne
songent à se mesfier de personne ,
ains dorment pacifiquement jusqu'à
l'heure que vos tourmens les ré-
veillent.

V.

Vous dites que les *relaps* sont indi-
gnes d'aucune grâce et miséricorde ,
et qu'ils sont deschus de tous biens ,
honneurs , grades , titres et dignités ,
eux et leur postérité.

Si cela est comme le preschez, écri-
vez et publiez partout , vous estes ,
pas vostre bouche mesme , jugés et
condamnés ; car combien de fois estes-
vous retombés en mesme faute , félo-
nie et rébellion contre vos maistres,
depuis seulement un petit laps de tems?

Vous vous estonnez de ces traits qu'on rejaillit contre vous, et voudriez faire accroire au monde que n'y a rebelle que dans les gens populaires qui ne sont de vostre parti.

Mais quelle plus grande diablerie est faicte d'un autre costé que du vostre qui usez d'imprécations et malédictions, tous les jours, contre celui que vous avez tant alouzé, que vous fuyez ou emprinsonniez ceux qui ne voulaient pas chanter vostre gamme en son honneur; et en menant un aussi grand bruict que vous faisiez.

Plus on vous regarde près, plus on fouille dans vostre sac, plus on vous treuve damnables et oultrés *relaps* de tous poincts, de tous gestes et paroles, comme d'actions et de desseins.

Vous avez des quilles de toutes parties, et faictes vostre jeu suivant le tems et la place où vous vous treuvez; et si faictes entrer les manants dans vos-

tre jouerie, c'est seulement comme
serviteurs pour faire l'œuvre de la vi-
lainie, et non comme compaignons
dans le gain.

Et sont bien sots ceux-là qui vous
croyent et suivent vos dires et ordon-
nances, ou sont bien meschants et dignes de vous servir dans le mal , estant du tout, incapables de revenir à
aucuns bons sentimens, ainsi que vous
qui n'avez fait œuvre que de les es-
chauffer dans leur méchant être pour
nous entre-égorger durant que vous
serez à l'écart ; car n'aimez pas vous
montrer là où l'on se donne des *tor-
gnoles*, mais accourez comme corbeaux
et loups pour vous nourrir des cada-
vres.

VI.

Je ne pense pas qu'il y ait aujour-
d'hui d'hommes si grossiers , qui

doutent plus de l'intention des chefs
de la *ligue*.

Le tems, père de vérité, leur a fait
voir jusques au fond de leurs cœurs,
et toutes ces feintises, tous ces tour-
noyemens et couleurs empruntées,
tantôt du bien public, et puis de religion, sont finalement si éventées,
si publiques et notoires, qu'il n'y a
plus personne, si le sens commun ne
lui manque tout-à-fait, qui fasse conscience de blasmer sa crédulité, d'accuser
sa facilité, de s'estre laissé si légère-
ment transporter en des opinions ex-
travagantes, et si contraires à son devoir, pour adhérer à l'appétit de ces
renards qui, sous leurs belles promesses, les ont fait trébucher dans le
piége qu'ils leur avoyent, si long-tems
auparavant, préparés.

Vous fûtes toujours ainsi, messieurs
de la ligue, et le monde devrait être
saoul de vos farces qui sont tousiours

les mêmes, quoique vous soyez masqués
pour varier les dehors dans vos œu-
vres.

En parlant tousiours sous un faux visage, quoique pour nostre part nous
vous cognoissions très-bien, vous avez
le jeu de donner scrupule mesme
parmi les plus gens de bien, et qui
n'ont jamais porté vos livrées, en sorte
que vous vous estes faicts des advocats
et des amis, disant qu'il y a quelque
apparence en vostre faict, et qu'il ne
vous faut pas si-tost condamner, et que
l'on se pourrait bien abuser.

Voilà à quoi profite un masque et
un déguisement pour un temps. Mais
parce que rien de feint, de fardé ou dis-
simulé, ne peut durer perpétuellement,
joint que toutes entreprises quelque
couvertes qu'elles soyent, néantmoins
se manifestent à la fin, autrement, elles
ne parviendroyent à leur but, c'est
ce qui fait que vous avez esté décou-

verts, estant de force qu'on cherchât la main qui frappait le coup, et de la main au bras, et du bras à la personne, et de la personne à toute la corporation de vostre *sainte ligue*, laquelle, ainsi qu'une mine qui ne sert de rien, si on ne la fait jouer; aussi ne lui aurait servi de rien toute pratique et conjuration, si n'eussiez cru trouver la belle de les conduire à leur but et dernier période.

Le peuple français, au vis-à-vis de vous, ne ressemble que trop proprement à la poule, laquelle, ayant trouvé les œufs d'un serpent, les eschauffe, les couve, tout ainsi que les siens propres : et pour toute récompense, la première chose qu'ils font, si-tost qu'ils sont esclos, c'est de faire mourir celle qui les a si soigneusement eslevés et enfin qui est cause de leur vie.

Pensez-vous recevoir meilleur traitement de l'estranger que de Français

comme vous ? Vous vous trompez par
exprès, si vous le croyez, car il y a
trop de différence, et ne l'avez desia
que trop rudement éprouvé par le temps
qui est passé, et par le temps qui est
présent.

Mais ne vous chaut guère que fait
l'estranger aux Français, pourvu qu'es-
tablissiez et mainteniez votre domination tyrannique, pour la fin de laquelle
vous allez usant de cruautés, exactions
et oppressions infinies, ostant généra-
lement tous empeschemens qui vous
font obstacle, et si ne pouvez conserver autrement vostre tyrannie, ne faictes
difficulté quelconque d'abandonner les
sujets à la boucherie, de les mettre en
proye et de les exposer à l'incursion du
premier venu.

C'est donc tout de la sorte que ne
peuvant destruire par vos propres forces
le parti contraire, parce qu'il est si fort
qu'il ne veut mesme se soumettre, avez

faict venir à vostre secours, un Espa-
gnol, un Italien, voire un Turc et ma-
hométant, pour vous faire tous, qui
estes de la bande ligueuse, participans
de sa conqueste, partageans avec lui,
aimant trop mieux avoir une partie de
ce corps politic, que l'étranger mar-
chande, il y a si long-temps, que le
conserver sain et entier à sa mère, à
l'exemple de la paillarde, qui aimait
mieux avoir la moitié de l'enfant de sa
voisine, que de le voir rester à la vraie
mère en son entier.

Davantage pensez-vous qu'aucun se
puisse jamais fier, parmi nous, n'y
prendre asseurance de vous, qui vous
estes fait cognoistre ouvertement, avez
exprimé vos passions, avez déclaré vos
conceptions, et vous estes proprement
confessez au renard?

Vous me faictes souvenir du lion
d'Esope, qui attirait par ses flatteries
et caresses feinctes, et même par l'en-

tremise du renard, les plus simples
animaux et les moins rusés, mais tout
aussi-tôt qu'il les pouvoit tenir, pas
un n'eschappait de ses griffes.

C'est un cruel animal que vostre lion;
il y en a bien qui s'en sont mal trouvés
et qui devraient vous faire sages, pauvres gens qui vous adonnez aux chefs
de la ligue, si vous n'estiez charmez
et ensorcellez par ses privautés et com-
munications qui vous sont trop fami-
lières, et qui vous seront bien cher
vendues à quelque matin ; si d'une manière ou d'autre, vous n'y rémédiez
bientost.

NOUVEAUX EMPÊCHEMENS
DE MARIAGE.

Le *Moniteur* du 20 mai nous a donné connaissance d'un arrêt rendu par la Cour royale de Paris, en audience solennelle du 18 mai.

Il s'agit de la succession d'un prêtre nommé Martin, marié le 22 février 1816. Les parens du défunt s'étaient rendus appelans d'un jugement de première instance, qui les déclarait non recevables dans la demande qu'ils avaient formée contre la veuve, au sujet de cette succession.

La Cour royale a réformé ce jugement, et a déclaré en principe, *que la Charte a restitué aux lois ecclésiastiques la force de lois de l'Etat.*

*

Est-ce à dessein qu'elle a cherché
à mettre ce principe en avant ? car il
n'était point nécessaire, pour décider
le procès, d'entrer dans cette question,
ainsi que l'avait observé M. l'avocat-
général : puisque la Cour décidait que
Martin n'avait pu donner son consen-
tement au mariage, il n'en fallait pas
davantage pour le déclarer nul.

Mais quelles seront les conséquences
du principe posé? Les voici, si je ne
me trompe.

Il faudra de nouveau reconnaître
comme empêchement dirimant la pa-
renté jusqu'au quatrième degré, selon
la supputation canonique, c'est-à-
dire jusqu'aux cousins issus de sous-
germains inclusivement.

Il en sera de même de l'alliance ou de
l'affinité provenant d'un mariage légitime.

Si elle provient d'un commerce illi-
cite, il y aura empêchement dirimant,

jusqu'au deuxième degré inclusivement.

Il faudra reconnaître encore l'empêchement appelé d'*honnêteté publique*, qui subsiste entre l'une des parties fiancées, et les parens de l'autre, soit en ligne directe, soit au premier degré de la ligne collatérale, même après la dissolution des fiançailles.

Le mariage sera nul entre les catholiques et les juifs; et sans doute aussi entre les catholiques et les protestans, suivant l'édit de Louis XIV de 1680.

Les vœux religieux seront, comme autrefois, un empêchement dirimant.

Le mariage sera nul s'il n'a pas été contracté devant le propre curé ou un prêtre délégué par lui.

La loi proposée par le gouvernement pour supprimer la dissolution du mariage par le divorce, était inutile, puisqu'en vertu de la Charte, la loi ecclésiastique qui s'oppose à cette dissolution, était redevenue loi de l'Etat.

Je pourrais tirer bien d'autres conséquences; car si la Charte a restitué à ce qu'on appelle les lois ecclésiastiques, la force de lois de l'Etat relativement au mariage, je ne vois pas pourquoi elle n'aurait pas la même force relativement aux autres matières; mais je m'arrête, et je me borne à demander, *où irions-nous ?*

L'arrêt dit, à la vérité, que l'empêchement résultant de l'*ordre* n'a été détruit *par aucune loi expresse;* mais plusieurs des cas ci-dessus spécifiés, ne sont pas plus exprimés que celui dont il est question. D'ailleurs la loi du 20 septembre 1792, tit. 4, sect. 1re, fait l'énumération des *qualités et conditions requises pour pouvoir contracter mariage;* et parmi ces qualités et conditions l'on ne trouve pas celle de ne pas être engagé dans les Ordres.

L'art. 13 porte : *Les mariages faits contre la disposition des articles précédens seront nuls et de nul effet* : n'est-ce pas comme s'il disait, *tout autre mariage sera valide*, d'autant plus qu'à l'article pénultième de la loi, il est dit : *Toutes les lois contraires aux dispositions de celle-ci sont et demeurent abrogées ?*

Le Code civil est survenu ; au chapitre 1er du tit. 8, il a de nouveau fait l'énumération des *qualités et conditions requises pour pouvoir contracter mariage*, sans y comprendre la condition de ne pas être engagé dans les Ordres : le chap. 4, qui traite des causes de nullité de mariage, n'y comprend en aucune manière cet engagement.

Je le répète, *où irions-nous ?* et je soumets mes doutes à tous les hommes instruits et de bonne foi.

Je transcrirai ici quelques passages

de Pothier, dans son Traité du Contrat de Mariage.

« Le mariage n'étant soumis à la
» puissance ecclésiastique qu'en tant
» qu'il est sacrement, et n'étant au-
» cunement soumis à cette puissance
» en tant que contrat civil, les em-
» pêchemens que l'Eglise établit, seuls
» et par eux-mêmes, ne peuvent con-
» cerner que le sacrement, et ne peu-
» vent seuls et par eux-mêmes donner
» atteinte au contrat civil. »

« L'empêchement de mariage que
» forment les Ordres sacrés, n'a pas
» toujours été un empêchement diri-
» mant ; cet empêchement, pendant
» bien des siècles, n'a été que pro-
» hibitif. »

« Le concile de Paris, tenu dans le
» 9°. siècle, l'an 829, sous Louis-le-
» Débonnaire et Lothaire, son fils,
» nous fournit une preuve très-claire

» que le mariage contracté depuis l'or-
» dination, n'était pas encore alors
» regardé comme nul »

« Dans le 10ᵉ. siècle, le concile
» d'Augsbourg, tenu l'an 952, de
» l'ordre et en présence de l'empereur
» Othon-le-Grand, où étaient plu-
» sieurs évêques d'Allemagne, des
» Gaules et d'Italie, défend, par le
» premier de ses canons, le mariage
» des personnes qui sont dans les
» Ordres sacrés ; mais c'est à peine
» de déposition de leur Ordre ; le
» concile ne déclare pas nul ce ma-
» riage.

» C'est seulement, comme l'ajoute
» Pothier, par le second concile de
» Latran, tenu au 12ᵉ. siècle, que les
» Ordres sacrés ont été formellement
» déclarés empêchement dirimant de
» mariage. »

La question fut de nouveau agitée
au concile de Trente : après bien des

discussions, l'empêchement dirimant fut adopté. La France, de son côté, adopta ce point de discipline comme loi de l'Etat : mais quand une loi de l'Etat est abrogée, peut-elle renaître sans une disposition expresse ?

Où irions-nous, avec la jurisprudence des arrêts ?.....

————————————

Avant de faire connaître le jugement qui a été prononcé contre le *Père Michel*, je dois publier la lettre qu'il a crû devoir adresser à chacun de ses juges, le matin même du jour où il a été condamné.

Tant qu'on accusera et qu'on jugera les écrivains d'après la loi transitoire du 9 novembre 1815, il sera important de publier tout ce qui peut être opposé à cette loi. Voici la lettre :

Messieurs,

Je dois, jusqu'à la dernière heure, éclairer votre justice. Je vous demande donc la permission de vous rappeler ces mots de Son Exc. Mgr. le comte de Cazes, dans la séance du 3 avril dernier, à la Chambre.

« J'observerai d'abord à ceux qui accusent le gouvernement d'arbitraire, qu'il ne reste plus en vigueur qu'une seule loi d'exception, une loi à laquelle tous les esprits sages ont applaudi, la censure des journaux. Hors de là tout est conforme au régime constitutionnel. »

(*Journal du Commerce du 4 avril.*)

J'étais donc fondé, Messieurs, dans la *fin de non recevoir* que j'ai indiquée dans ma défense, et que mon avocat a développée.

Les écrits sont donc, par cette déclaration officielle, sous l'empire des art. 283 et autres du code pénal.

S'il en était autrement, Messieurs, il faudrait accuser la franchise et la loyauté du ministère, ce qui ne se peut.

Ou bien il faudrait admettre qu'une

législation *préparatoire, provisoire, mo-
mentanée*, et pour un tems de troubles,
est une législation *constitutionnelle*.

Ou bien encore, il faudrait admettre
qu'une loi dictée par la *clémence du Roi*
(expression du préambule), qu'une loi
qui prononce 10 ans d'emprisonne-
ment et de surveillance, et 20,000 fr.
d'amende (ce qui est rétablir la con-
fiscation), serait plus favorable à l'accusé que le Code pénal inventé et si
rigoureusement calculé au profit de la
tyrannie impériale.

Agréez le respect, etc.

Signé *L. Tartarin.*

Notâ. Cette lettre avait été jugée par
l'accusé, nécessaire pour réfuter ces
expressions de M. l'avocat du Roi,
(page 110 de la défense) : « En tous
cas , messieurs les juges auraient
pour complices dans cette prolongation

arbitraire de l'autorité, et le gouvernement et les deux chambres..... » Il est difficile de concilier les expressions du ministre, celles de M. Marchangy, et la condamnation du Père Michel, en vertu de la loi du 9 novembre.

———

HENRI III ET HENRI IV.

Pourquoi Henri IV rendit-il, en si peu de tems, la vie et toute sa vigueur à la France expirante, divisée contre elle-même depuis quarante ans, cou-verte de sang et de ruines, envahie et dévorée par l'étranger, par le fanatisme, par l'ambition des grands, par l'atroce politique de Philippe, de la Savoye, de Rome et de ses armées en capuchon ou en soutane ?

C'est parce que la conduite d'Hen-ri IV eut toujours pour règles ces quatre nobles sentimens : *justice, oubli, union,* et *amour du peuple ;*

C'est parce qu'au milieu des circonstances les plus difficiles, entouré d'ennemis intérieurs et extérieurs, de mécontens, de factieux, de conspirateurs et d'assassins, il gouverna néanmoins pour le seul intérêt de la masse nationale.

C'est parce que, non-seulement il n'épousa aucun parti, mais encore parce qu'il ne fit aucune acception des *ligueurs* et des *royalistes*, et parce qu'il ne souffrit même pas qu'on s'appuyât de son nom et de son autorité pour servir des intérêts individuels;

C'est parce qu'il ne craignit point ses ennemis et surtout son peuple, auquel il se confia sans réserve;

C'est parce qu'il traita toujours franchement toutes les affaires, ce qui lui gagna la confiance;

C'est parce qu'il ne défit pas, le lendemain, ce qu'il avait fait la veille;

C'est parce qu'il ne promit jamais

en vain, et que l'on put se reposer sur sa parole;

C'est enfin, parce qu'il empêcha les grands de se faire les maîtres du peuple, et qu'il les força à n'être que des sujets.

Pourquoi Henri III avait-il été chassé de sa capitale? Pourquoi son règne avait-il mis le comble à l'anarchie? Pourquoi finit-il par tomber sous le fer d'un fanatique?

C'est parce que Henri III se laissa faire chef de parti; parce qu'il se laissa balloter, ridiculiser, ruiner et mépriser par les mêmes grands auxquels il avait sacrifié le peuple; en un mot, c'est parce qu'il avait eu un gouvernement tout-à-fait opposé à celui du bon Béarnais.

Pourquoi, dès le jour même de la mort de Henri, Sully fut-il traité par la cour comme un ennemi? Pourquoi osa-t-on, ce jour-là même, essayer de flétrir le courageux, le vertueux, le bon roi? Pourquoi le monstre de l'anarchie releva-t-il à l'instant sa tête ?

C'est parce que ce jour-là même l'état tout entier *fut dans la cour*; c'est parce que le peuple ne fut pour celle-ci qu'une vile pâture : ce que prouve assez ce peu de mots prononcés dans le conseil : « Le tems des grands est revenu, il ne s'agit que de se bien faire valoir,.....»

La maladie révolutionnaire qui attaque l'esprit des peuples, est de la nature de la peste, qui ne prend point naissance, ou au moins qui ne fait jamais de progrès dans les états où l'on prend contre elle des précautions suffisantes.

Ce n'est pas aux peuples de se guérir de cette maladie; le remède n'est pas dans leurs mains, il est dans celles de ceux qui les gouvernent. Cette maladie ne se guérit que par de bonnes et

douces lois, dirigées vers un but général, et fidèlement exécutées. Elle ne
se guérit que par la concession franche
et religieusement maintenue des avantages généraux ou spéciaux auxquels
les peuples ont droit.

Si nous consultons l'histoire, juge
sans passion, juge étranger à tout intérêt présent, chacune de ses pages
nous apprendra que le mécontente-
ment et l'agitation de la masse des
peuples eurent toujours pour causes
une administration trop forte ou trop
faible, ou hésitante et incertaine dans
sa marche, ou mystérieuse, soit par
mauvaise foi, soit par timidité ou par
honte de sa propre conduite.

Nous verrons l'arrogance et la cupidité des grands, l'influence empoison-
née des courtisans, leurs menées sourdes
et audacieuses, la dilapidation, la cor-
ruption des hommes en place, leur

incapacité, leurs intérêts personnels ; et la prohibition de la vérité, amener tous les désordres, ou empêcher leur guérison.

« Le principe du gouvernement se corrompt lorsque le trésor du peuple devient l'héritage de quelques particuliers ; alors l'amour de la patrie s'évanouit. (*Catherine II*).

» Le prince qui établit des nouveautés, a pour ennemis tous ceux qui se trouvaient bien de l'ancien état des choses, ce qui lui met en tête des ennemis intéressés et bouillans, auxquels il n'a à opposer que des amis tièdes, avec lesquels il risque de périr aisément. (*Machiavel*).

« La force du commandement poussée trop loin, jamais plier, jamais condescendre, jamais se relâcher ; s'acharner à vouloir être obéi, à quelque prix que ce soit, c'est un terrible fléau de Dieu sur les rois et sur les peuples

qui ne veut jamais plier, casse tout-à-
coup. (*Bossuet*).

« Durant que les barbares se parta-
geaient l'empire, Constantinople était
livré tout entier au déchirement
des deux factions, des *bleus* et des
verds........ Ces deux factions déchi-
raient de même toutes les villes de
l'empire, avec une furie proportionnée
à la grandeur des villes, c'est-à-dire,
à l'oisiveté et à la vanité des habitans.

« Justinien, en favorisant les *bleus*, et
refusant justice aux *verds*, aigrit les deux
factions, ce qui les fortifia ; elles allèrent
jusqu'à anéantir l'autorité des magistrats. L'empereur protégeant les *bleus*
contre les lois, ils ne les craignirent plus,
et les *verds* méprisèrent les lois, dès
qu'elle ne servirent plus à les défendre.

« Liens d'amitié, de sang, de reconnaissance ; tout fut brisé, la guerre civile s'introduisit entre les familles..... »
Nous ne devons pas pousser plus

loin cette citation de Montesquieu,
ni ajouter de nouveaux témoigna-
ges à ceux que nous venons d'invo-
quer; nous avons voulu justifier que
ce ne sont pas les peuples qui imagi-
nent ou occasionnent les révolutions :
qu'il ne dépend aucunement d'eux de
les terminer, et , en cela, nous serons
encore d'accord avec le cardinal de
Retz; car il dit : « Il y a des feux qui
embrasent tout ; c'est à ceux qui gouvernent de prévoir et d'empêcher le
moment de l'embrasement. »

M. S. S,

NOUVELLES

DES DÉPARTEMENS. (1)

Un voyageur arrivant de la Sarthe nous assure que la ville du Mans est plongée dans la douleur, et que le départ des missionnaires a excité dans les églises et jusque dans les rues les larmes et les sanglots d'une multitude de bons chrétiens, et de femmes surtout qui ne savent plus quoi devenir depuis que les *bons pères* ne les occupent plus de leurs sermons et de leurs conférences, ou à leur confessionnal.

Les bons pères avaient ouvert leur mission par une procession à laquelle quelques magistrats seulement avaient

(1) Une méprise a retardé la publication de ce récit ; notre correspondant voudra bien nous excuser.

assisté, ce qui avait grandement scan-
dalisé les bonnes âmes qui sont toujours
un peu plus chatouilleuses, au tems
des missions ; mais cette négligence
des magistrats, si c'en était une, a été
glorieusement réparée.

A la procession d'adieu, le jour où
on a planté une énorme croix de fer,
artistement travaillée, et qui a coûté
un grand prix, le préfet, le général
avec son état-major, tous les juges,
(excepté un seul, dit-on, qui était malade sans doute, car le moyen de sup-
poser qu'il fût seul étranger à un si pieux
enthousiasme !) toute la *grande société,*
(car n'y a-t-il pas des *grands* aujour-
d'hui, même parmi les plus petits ?)
toute la noblesse *d'extraction*, *d'acquet*,
ou *de sentiment*, (cette dernière se compose des bourgeois qui ont l'honneur
d'être admis dans les cercles *d'en haut*),
toutes les dames et les demoiselles, y
compris celles des pensions, ont dévotement suivi le Saint-Sacrement. La
foule était d'un quart de lieue de long.
Oh ! bons et saints Manseaux, Dieu
vous bénira !

Une délibération du tribunal avait

enjoint, dit-on, à tous les juges d'assister à la cérémonie; si le fait est vrai, la page des registres où cette délibération a été inscrite sera à jamais honorable, et transmettra aux générations à venir le beau caractère de piété des magistrats de cette mémorable époque.

Toutes les rues avaient été tendues par ordre.

La ville du Mans était, avant la mission, fort mondaine dans ses mœurs; mais on n'y voit plus aujourd'hui que des gens occupés de la vie éternelle, ce qui désole les pâtissiers et traiteurs, qui parlent de porter ailleurs leurs talens, non moins célèbres que les chapons et les poulardes du pays.

On remarque que le *jeûne* et *l'humilité la plus douce* ont pris la place de la bonne chère, de la sensualité et des vanités qui avaient compromis bien des consciences avant la mission.

On nomme de pieux vieillards qui se sont chargés de pourvoir généreusement à la fondation d'une maison de noviciat pour les *bons pères*, et les contribuables du département en rendent des actions de grâce au Ciel, parce qu'ils n'auront point de *centimes additionnels* à payer pour le nouvel établissement, ce qui eût fort bien pu leur arriver si un pieux zèle s'était borné à voter l'établissement sans le payer.

Des offrandes nombreuses ont été faites, dit-on, aux *bons* et *désintéressés pères* qui, on en est bien sûr, ne manqueront pas d'en faire usage pour l'avantage de la religion.

On raconte que plusieurs particuliers se rendant à leurs affaires et marchant (hors des rangs) en sens opposé à l'une des processions, l'un des *bons pères* leur ordonna de s'arrêter, ce qui ne les empêcha pas de continuer leur chemin. On va même jusqu'à dire qu'un porte-faix, ayant été saisi par l'un des missionnaires, s'en débarrassa par un jeu de mains, ce qui prouve la perversité du tems présent et le mal qu'a produit la philosophie, car ce porte-faix était certainement philosophe.

On raconte encore que sept ou huit cents personnes s'étaient fait inscrire pour avoir l'honneur de porter la croix de mission, croix du poids de laquelle on se fera une idée en songeant qu'il ne lui fallait pas moins de cinquante porteurs qui changeaient de vingt pas en vingt pas, afin que l'honneur fût partagé entre tous les membres de cette foule pieuse.

On assure aussi que les *bons pères* ayant voulu disposer de la vraie croix pour la promener processionnellement, disant qu'envoyés par la grande aumônerie ils avaient le droit d'user à leur volonté de toutes les reliques des églises, et que le chanoine qui est dépositaire de la sainte relique leur ayant en vain représenté que ce serait aller contre les usages les plus anciens et les plus respectés, les bouchers, auxquels de tems immémorial le droit de porter la vraie croix appartient exclusivement, vinrent s'interposer et déclarer qu'ils ne souffriraient pas que personne violât les anciens usages.

Enfin, on dit également qu'au tems de l'adoration de la vraie croix, les *bons pères* se trouvant troublés dans leurs sermons par l'affluence et le bruit des adorateurs qui passaient près de la chaire, ordonnèrent qu'on transférât la relique près de l'entrée de l'église, ce qui leur fut encore refusé par le même chanoine, toujours au nom des anciennes coutumes ; tant il est vrai qu'en matière de cérémonies, il est toujours difficile aux hommes de s'accorder.

Nous allons emprunter au 16ᵉ siècle le récit de deux processions d'un genre bien différent, pour montrer combien il y a loin de la sublimité de la religion de nos jours à la grossièreté des *dévots ligueurs* du seizième siècle qui imaginèrent de faire servir des farces religieuses aux succès de leurs complots.

La citation que nous allons faire mettra notre lecteur à même de comparer les hommes et les époques.

Farces religieuses du seizième siècle.

En ce tems-là les rues étaient toute garnies de vierges habillées et brodées, devant lesquelles on chantait de jour et de nuit des litanies et des cantiques, et les attroupemens se portaient impunément et même avec privilège à toutes sortes de violences contre les passans qui ne se montraient pas assez dévots. Les hommes et les femmes vêtus de robes blanches traînantes couraient d'églises en églises pour faire des stations; les rues et les chemins en étaient encombrés. Ces processions se faisaient plus particulièrement la nuit; on y entendait des chants sombres et lugubres, et les chefs de toutes ces mascarades religieuses laissaient assez voir qu'ils ne se proposaient que de bouleverser la tête des gens crédules et superstitieux, de changer les fanatiques en bêtes féroces, et de préparer le massacre des victimes désignées.

On voyait le roi porter, même au bal, un chapelet formé de têtes de mort figurées; cela seul suffit pour donner une idée du reste.

Procession des Ligueurs de Paris à Chartres.

En 1588, Henri III, chassé de Paris par les *ligueurs*, s'était sauvé à Chartres. Ces cruels et horribles rebelles

voulant en chasser le Roi, lui sus-
citer dans sa retraite des ennemis,
et l'entourer de leurs complices,
comme à Paris, imaginèrent de se porter à Chartres en masse, et de prendre
le masque de la religion pour cacher
mieux leurs desseins, et se rendre
plus recommandables aux yeux du
peuple.

M. de Thou nous a laissé le récit
qui suit de cette ignoble procession :

» On voyait à la tête un homme à
grande barbe, sale et crasseuse, cou-
vert d'un cilice (chemise de crin), et
par-dessus un large baudrier, d'où
pendait un sabre recourbé.

» D'une vieille trompette rouillée
il tirait quelques sons aigres et discor-
dans; après lui marchaient fièrement
trois autres hommes aussi mal propres,
coiffés chacun d'une marmite grasse,
portant *cotte de mailles* sur leurs cilices,
avec *brassarts* et *gantelets*, tenant en
main vieilles hallebardes rouillées, et
ils allaient se démenant comme des
furibonds.

» Venait ensuite frère *Ange de Joyeuse*,
capucin depuis un an, ancien favori

du roi, représentant le *Sauveur* mon‑
tant au calvaire. Il s'était laissé lier et
peindre sur le visage des gouttes de
sang, qui semblaient découler de sa
tête couverte d'épines. Il paraissait ac‑
cablé sous le poids d'une longue croix
de carton peint, et se laissait tomber,
par intervalle, poussant des gémisse‑
mens lamentables.

» A ses côtés, marchaient deux
jeunes capucins, vêtus de robes, re‑
présentant la *Vierge* et *Madelaine*. Ils
tournaient dévotement les yeux vers
le ciel, faisant couler quelques fausses
larmes, et ils se prosternaient en ca‑
dence devant frère *Ange*, toutes les
fois qu'il se laissait tomber : quatre sa‑
tellites fort ressemblans aux trois pre‑
miers tenaient la corde et frappaient
frère *Ange* à coups de fouet qu'on en‑
tendait de fort loin.

» Marchait ensuite une longue file
de pénitens aussi grotestement affu‑
blés............. »

Procession des États de Paris.

On vient d'entendre le récit d'un grave historien ; nous allons donner celui d'un narrateur plus jovial.

Les *états* de la *ligue* allaient ouvrir leurs séances dans Paris, dont Henri IV faisait le blocus, et ces bons dévots voulant mettre la religion de part dans leur criminelle rébellion, imaginèrent la farce que nous allons décrire littéralement telle qu'elle se trouve dans les *Satires Ménippées*, que nous ne nous lasserons pas de citer, pour mettre nos lecteurs à portée de comparer l'âge présent et le *bon tems de la ligue sainte*, en tête de laquelle étaient le pape, son légat, les jésuites (connus en ce moment en France sous le nom des RR. PP. de la Foi.)

M. *Rose*, naguères évêque de Senlis, et recteur de l'université, ayant quitté sa *capeluche rectorale*, prit sa robe de maître ès arts avec le camail et le rochet, et un hausse-col dessus : la barbe et la tête rasées tout de frais, l'épée

au côté, et une pertuisanne (hallebarde à l'ancienne mode) sur l'épaule.

Les curés *Amillhon*, *Boucher* et *Lin-
cestre*, un petit plus bizarrement armés, faisaient le premier rang; et devant eux marchaient trois moynetons
et novices, leurs robes troussées,
ayant chacun le casque en tête dessous
leurs capuchons, et une *rondache*
(grand bouclier rond) pendue au
col, où étaient peintes les armoiries et
devises desdits seigneurs.

» Maître *l'ellier*, curé de St.-Jac-
ques, marchait à côté; tantôt devant,
tantôt derrière, habillé de violet en
gendarme scolastique, la couronne et
la barbe faite de frais, une *brigandine*
(cotte de mailles) sur le dos, avec
l'épée et le poignard, et une hallebarde sur l'épaule gauche, en forme
de sergent de bande, qui suait, pous-
sait, haletait, pour mettre chacun en
rang et ordonnance.

Puis suivaient, de trois en trois, cinquante ou soixante religieux, tant
cordeliers que *jacobins*, *carmes*, *capucins*, *minimes*, *bons hommes*, *feuillans*
et autres, tous couverts avec leurs ca-

puchóns et habits agraffés, armés à
l'antique catholique ; *sur le modèle des
épitres de saint Paul.*

» Entre autres y avait six *capucins,*
ayant chacun un *morion* (armure de
tête plus légère que le casque), en tête,
et, au-dessus, une plume de coq, re-
vêtus de cottes de maille, l'épée ceinte
au côté, pardessus leurs habits, l'un
portant une lance, l'autre une croix,
l'un un épieu, l'autre une arquebuse,
et l'autre une arbalètre : le tout rouillé,
par humilité catholique.

Les autres, presque tous, avaient des
piques qu'ils branlaient souvent, par
faute de meilleur passe-tems, hormis
un *feuillant,* boiteux, *frère Bernard,*
qui, armé tout à *cru* (tout nu), se
faisait faire place avec une épée à deux
mains, et une hache d'armes à sa
ceinture, et le faisait bon voir, sur un
pied, faisant le *moulinet devant les
dames.*

» A la queue, il y avait trois minimes, tout d'une parure, savoir,
ayant sur leurs habits, chacun un plas-
tron à corroie et le *derrière* découvert,
la salade (armure) en la tête, l'épée

et le pistolet à la ceinture, et chacun une arquebuse à croc, sans four- chette.

» Derrière était le prieur des jaco- bins, en fort bon point, traînant une *hallebarde gauchère*, et armé à la lé- gère, *en morte paie* (en soldat de gar- nison.)

» Tout cela marchait en moult belle ordonnance catholique, apostolique et romaine, et semblaient les anciens cranequiniers (arbalétriers.)

» Monseigneur le légat était là , après quoi marchaient les *quatre men- dians*, qui avaient multiplié en plusieurs ordres , tant ecclésiastiques que régu- liers, puis les paroisses, etc. etc......»

Nous ne finirions pas si nous vou- lions tout dire ; c'est assez. Nous nous en rapportons à la sagacité de nos lecteurs.

LA DOULEUR SUIT DE PRÈS LE PLAISIR.

LE correspondant qui m'a adressé le récit de l'aventure assez plaisante qu'on va lire, trouvera bon que je supprime les noms propres et même celui de la ville où elle a eu lieu. Il permettra encore que je supprime les assertions de sa lettre qui, toutes vraies qu'elles sont, puisqu'elles sont prouvées par des milliers de temoignages, n'en pourraient pas moins être réputées calomnieuses ou attentatoires et provocatrices, etc., etc., attendu qu'aujourd'hui, il n'y a plus moyen de publier en sûreté aucun fait accusateur, quelque notoire qu'il soit, à moins qu'il ne soit légalement prouvé, c'est-à-dire par une condamnation juridique revêtue de toutes ses formes.

Ainsi, par exemple, je suppose qu'au sein d'une ville, en plein midi, et devant des milliers de citoyens, un homme en ait poignardé un ou plusieurs autres; si l'assassin n'a pas été condamné par les tribunanx, si ces milliers de témoins faisaient imprimer leur déclaration, ils pourraient être poursuivis comme calomniateurs, s'ils ne rapportaient point la preuve légale des assassi‑ nats.

Par exemple encore, des prisonniers auraient été fusillés à travers leurs gril‑ les de fer, quelques‑uns d'eux auraient été tués par des soldats ; ceux‑ci et l'officier qui les commande auraient été mis en jugement et acquittés ; si les enfans, les veuves, les parens, les amis de ceux qui auraient péri, si ceux qui auraient été blessés dans la décharge, s'avisaient d'accuser de meurtre, devant le public, les soldats et l'officier, ceux‑ci pourraient requérir leur condamna‑ tion comme calomniateurs, aucune preuve légale n'existant à l'appui de l'accusation imprimée.

Notre correspondant ne nous a conté que des facéties, mais il ne sait pas, comme nous, que des facéties, si elles jettent du ridicule sur le moindre indi‑ vidu, agent du pouvoir, peuvent se changer en graves délits, et qu'il est plus d'un garde‑champêtre qui pour‑

rait faire faire un mauvais parti à tel citoyen que ce soit, si celui-ci s'avisait de l'attaquer dans un écrit, car notre correspondant ne sait pas jusqu'où peut aller la *provocation indirecte*; nous ne le savons pas nous-mêmes, et nous croyons qu'il n'est point de criminaliste, quelque vieux ou habile qu'il soit, qui puisse en tracer le cercle régulier.

Mais nous avons acquis un commencement d'expérience qui manque à notre correspondant, et il voudra bien ne pas s'offenser des précautions que nous avons cru devoir prendre pour donner de la publicité à sa lettre, toute innocente qu'elle soit.

Un autre motif nous guide encore. Nous sommes loin de nous croire obligés à quelques ménagemens envers les hommes qui n'ont pas cessé ou d'être aux genoux de l'autorité, quels qu'en fussent les dépositaires, ou d'être, *par intérêt*, leurs instrumens; mais il n'est point dans notre caractère de rire des gens en face. Voici la lettre:

M. Michel, un député grand par-

leur, ancien don Quichotte du despotisme impérial, et défenseur im-
perturbable de tous les projets de loi :
un homme qui s'est bien trouvé, à ce
qu'il paraît, d'avoir plaidé, suivant
les temps, le *pour* et le *contre*, un ministériel passé, présent et futur, c'est tout
dire, revient dans ses foyers, la tête
haute, et l'air content de lui-même.
Il a rendu de si éminens services à son
pays! il était si bien cajolé, si choyé
dans les grands salons qui servent de
marché à la fortune; il a tant de protecteurs, qu'il croit être un petit
tout-puissant, qu'il se persuade, à ce
titre, que tous honneurs lui sont dûs,
et qu'on doit lui faire la cour.

O vanité, jusqu'à quel point tu peux
aveugler les hommes !

Il y a dans la ville une garnison et
un établissement militaire qui comp-
tent un très-grand nombre d'officiers
dont la plupart sont jeunes, et
ainsi d'un caractère aussi joyeux que
les pages, et naturellement disposés
à les imiter dans leurs malices. (1)

_____

(1) Quoique par le genre de leurs études

Ils auraient volontiers fait grâce au
ministériel, car ils ne se mêlent point de
politique ; mais l'esprit de corps les
anime : le député est accusé d'avoir fait
placer l'un des siens dans un rang militaire, auquel un autre avait droit :
or, la jeunesse qui porte les armes,
ne croit point aux raisons à l'aide desquelles on cherche à prouver que le
plus légitime des droits est celui qui se
fonde sur la protection.

Pour de jeunes militaires, pleins de
loyauté et de franchise, il n'y a de
droits légitimes que ceux qui sont fon-
dés sur la justice ; le député lui a fait
substituer la faveur, il est donc coupable, et la justice veut qu'il ne reste point
de coupable impuni.

Maxime trop méprisée dans les temps
de réaction !

Mais comment punir le protecteur ?
quel sera son châtiment ?

Qu'on s'en rapporte à nos jeunes mi-

---

ils soient disposés aux plus sérieuses réflexions ; mais après avoir fait des équations
et calculé des courbes paraboliques, on est
bien aise, quand on est jeune, de trouver à
s'égayer.

litaires ; la punition naîtra du délit lui-
même ; elle sera donc juste; aussi n'en-
tendra-t-on point la voix de l'opinion
publique s'élever contre cette punition;
d'ailleurs l'on va voir qu'elle est douce
quoique rigoureuse, et surtout qu'elle
ne pouvait frapper un innocent.

C'est en riant que les jeunes vengeurs
de la justice ont prononcé l'arrêt ; c'est
encore en riant qu'ils prépareront et
accompliront son exécution.

Le condamné n'aura à payer ni huis-
sier, ni greffier, ni papier marqué, ni
affiches ; il est dans sa maison, on ne
l'en a point fait sortir pour le juger,
on n'y entrera même pas pour mettre le
jugement à exécution, ce qui est bien
plus doux que d'emprisonner les gens,
que de les ruiner par des amendes qui
absorbent leur fortune.

Toute la musique de la ville est réu-
nie: elle se met à la tête d'un nombreux
et très-honorable cortège, qui l'accom-
pagne jusque sous les fenêtres du condamné : on a même eu la délicatesse
de choisir l'heure de son lever : il
est donc en robe de chambre, en
bonnet de nuit.

Tous les instrumens sont d'accord, comme les sentimens de ceux qui ont prononcé l'arrêt; le signal est donné : tout-à coup la plus belle harmonie se fait entendre, et vient chatouiller les oreilles du député.

Quelles délices pour sa vanité! il n'a donc pas mal présumé de son haut mérite, puisque ses concitoyens viennent lui rendre un si touchant témoignage de leur reconnaissance et de leur admiration! il est ivre de joie.

Cependant il n'oublie pas le devoir qu'il a à remplir. Il va donc se mettre à la fenêtre, et payer à son tour la dette de la reconnaissance : mais il faut qu'il se montre avec grandeur; il s'habille, jette son bonnet en bas, le voilà brave.... une minute lui suffit; il ouvre la fenêtre, s'y présente avec empressement, et ne pouvant faire entendre sa voix, il exprime son ravissement par les gestes et les démonstrations les plus gracieuses.

Alors la musique commence l'air sur lequel un joli et malin chansonnier po-

litique a composé la chanson du *Ven-*
tre (1).

Un homme d'État ne s'est pas
amusé à apprendre les airs du vaude-
ville : dans les hautes régions de la
fortune on ne s'occupe pas à fredonner.
Le député est loin de penser qu'il ap-
plaudit à sa propre mystification : il
continue donc à exprimer de la figure
et du geste le contentement indicible
qu'il éprouve ; mais le charme va être
rompu ; le rêve délicieux touche à sa
fin ; plusieurs centaines de voix se
mêlent au son des instrumens, et
chantent en chœur le refrain :

« Quels dîners (*bis.*)
» Les ministres m'ont donnés !
» Ah ! que j'ai fait de bons dîners ! »

Il n'y avait plus moyen de s'abuser,
la méprise ne pouvait se prolonger :
c'était évidemment une mystification,
et une mystification complète.

Combien de peines et d'humiliation
sont venues remplacer les délices dont
se repaissait, quelques secondes aupa-

_____

(1) M. Berenger dit que ce n'est pas lui
qui l'a composée.

ravant, la vanité du ministériel! quelle
douloureuse position que la sienne!
que d'amertume il lui faut dévorer!
car l'orchestre et le chœur s'animent
l'un et l'autre; la chanson a buit couplets; on ne fait pas grâce d'un seul de
ces couplets à l'illustre condamné, et
l'on va même répéter le dernier plusieurs fois, parce que son application
est plus positive.

La fenêtre s'est refermée précipitam-
ment, mais lors même qu'elle eât été
murée tout-à-coup, et par enchante-
ment, les chants eussent encore pénétré dans l'appartement.

Et puis, qui ne connaît la mémoire
de la vanité irritée? L'écho de la mémoire répète donc, et répètera toute la
vie au condamné, l'air fatal de la chanson, toute française, qu'on l'a forcé
d'entendre.

Elle lui reviendra à l'esprit, au fond
de son cabinet, lorsqu'il calculera ses
discours; à la tribune, quand il les dé-
bitera; devant l'urne, lorsqu'il y dé-
posera la *boule blanche*; et même dans
ces salons, autour de ces tables somp-
tueuses, à l'entretien desquels pour-

voient, tant de pauvres diables qui font chez eux de si maigres dîners.

La fatale chanson sera désormais la malicieuse compagne de tous les instans de sa vie publique et privée. S'il entend fredonner l'air, même dans la rue, et par des gens auxquels il sera inconnu, il croira qu'elle lui est adressée, et sa vanité, qui jusques-là l'avait tant flatté, est devenue, pour toujours, sa persécutrice.

Quelle compensation aura-t-il de tant de peines? quand M. Azaïs en inventerait de nouvelles, je doute qu'il pût lui en procurer.

Je sais que les bons dîners ne manqueront pas au ministériel; mais les truffes elles-mêmes sont amères, les pâtés de Strasbourg sont sans goût, le vin du Cap est sans saveur pour celui qui mâche continuellement de l'amertume.

Je sais que les places et la faveur compensent bien des chagrins; mais les biens de la fortune sont périssables, les protecteurs disparaissent souvent comme des ombres, et la faveur est fugitive; tandis que les plaies profondes

qu'à reçues la vanité sont incurables.
Il serait donc possible que l'avenir vînt
encore ajouter aux chagrins si cuisans
du ministériel, dont la mésaventure va
courir dans tous les pays où pénètre le
Petit Livre, si vous voulez bien M. Michel, avoir la complaisance de la publier. *Votre serviteur* ***

Quel exemple éclatant de la justice
que sait faire l'opinion, cette reine du
monde, dont les plus grands de la terre
ne peuvent éviter les arrêts!

Que ceux qui la méprisent tant, (se-
rait-ce parce qu'elle les accuse?) veuillent bien refléchir à sa puissance, ils
verront qu'on ne la brave jamais en
vain. Qu'ils aillent en Bretagne l'étudier en ce moment! Qu'ils comparent
les sentimens qui ont animé les musi-
ciens du député et ceux de M. Dunoyer, la situation intérieure de l'un
et de l'autre! Qu'ils voyent combien
de sérieux il y a dans la chanson la
plus frivole en apparence! Comment
on peut graduer, quand on veut, et
les récompenses et les punitions! A
quel point on peut rendre celles-ci ri-
goureuses, sans appeler les gendarmes
et les geoliers!

Il fut un temps où l'on pouvait dire en France : *tout finit par des chansons* ; mais qu'on ne le dise pas aujourd'hui, le mécompte serait par trop grossier.

Tout finira d'après les vœux de l'opinion nationale qu'on va chaque jour formant, précisément par les moyens même qu'on emploie pour la diviser.

P. S. Est-ce que le temps, est-ce que les *attaques audacieuses* de certains hommes n'éclaireront pas ceux qui sont encore à éclairer? Faudra-t-il que leur mine éclate comme un terrible volcan, pour qu'on croye à son existence? Ne croira-t-on au mal que lorsqu'il sera consommé? Cherchera-t-on toujours les factieux et les conspirateurs là où ils ne sont pas? S'obstinera-t-on, au 19ᵉ siècle, à s'aveugler sur les mêmes ambitieux qui couvrirent la France de deuil au 16ᵉ. siècle?

Ce n'est pas dans les chaumières, dans les guinguettes ou dans les salons bourgeois que l'on conspire ; on y dort, on y gémit ou on s'y amuse bien innocemment.

FIN DU TOME VI.

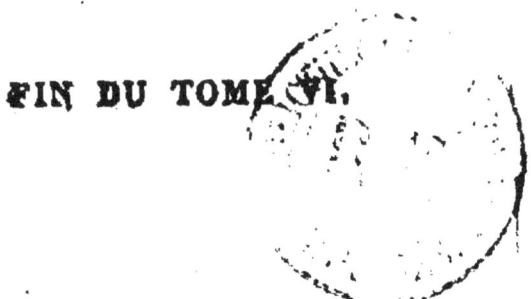

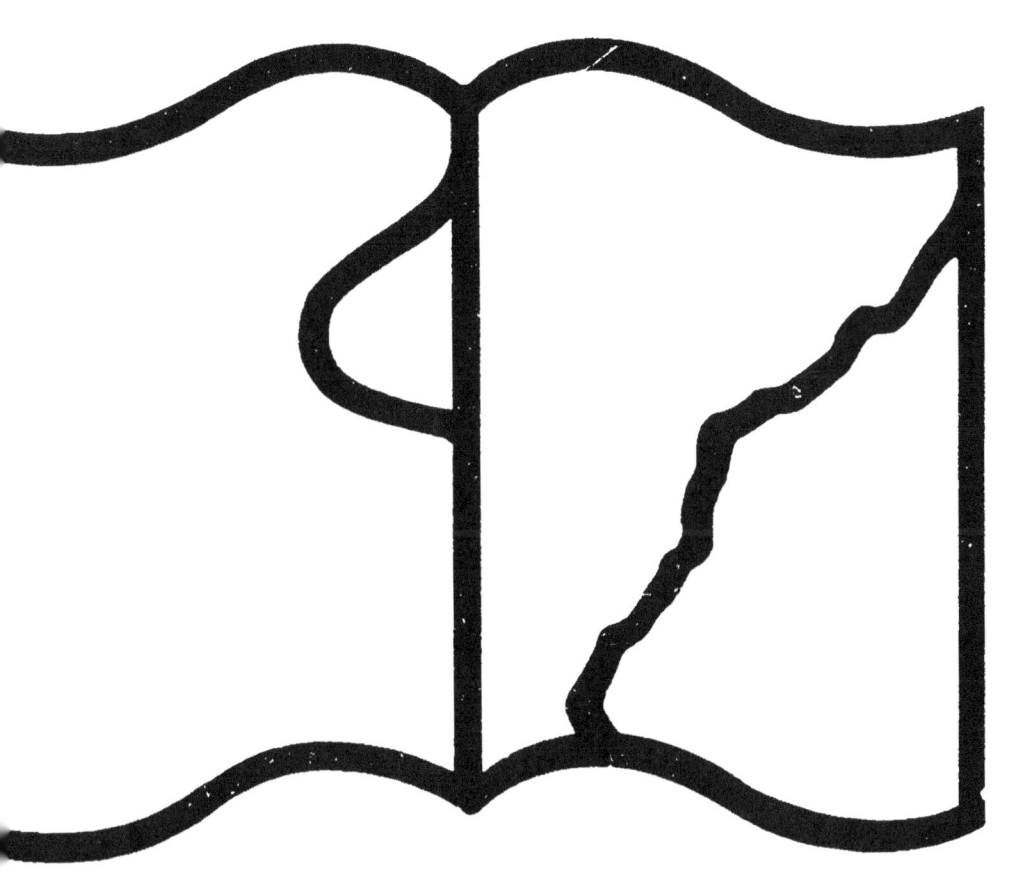

Texte détérioré — reliure défectueuse

NF Z 43-120-11